안개의 공식

안개의 공식

—

초판 1쇄 2023년 10월 25일
초판 2쇄 2023년 12월 1일
지은이 정상미
펴낸이 김영재
펴낸곳 책만드는집

—

주소 서울 마포구 양화로3길 99, 4층 (04022)
전화 3142-1585·6
팩스 336-8908
전자우편 chaekjip@naver.com
출판등록 1994년 1월 13일 제10-927호
ⓒ 정상미, 2023

—

* 이 책은 서울특별시, 서울문화재단 '2022년 첫 책 발간 지원사업'의 지원을 받아 발간되었습니다.

—

ISBN 978-89-7944-850-4 (04810)
ISBN 978-89-7944-354-7 (세트)

책 만 드 는 집
시인선 229

안개의 공식

— 정상미 시집

책만드는집

내가 가장 어두웠을 때

나를 들여다보는

바깥이 있었다.

2023년 가을
정상미

| 차례 |

2부

3부

4부

1부

안개의 공식

보이지 않는다면
다 볼 수 있는 거다

아무도 밟지 않은
미지의 아늑처럼

뭐든지
와락 그러안는
어머니의 환한 감옥

귤
−얇은 집

쉽게 우는 것이란 쉽게 귀를 여는 것
그만큼 너에게로 가까이 간다는 것

내 문은 작은 손에도
순하게 열린다

잦은 이사에 지붕 새고 벽과 벽은 금이 간다
사람들이 담장을 쳐 나를 고이 가둘 때

눈가가 짓무르는 건
작은 방문 열린 거다

한때는 문 단단한 오렌지가 부러웠고
가끔은 더 견고한 석류가 그리웠다

밤마다 가장 두려운 것
나를 안은 얇은 상처

4월의 뒷장

뒷모습은 어둠을 향하여 몰입한다

가라앉은 꽃들은 검은 칸을 질문한다

울음을 담갔다 꺼내면 부서지는 녹물

잃어버린 물결 위에 얼굴이 흔들린다

푹 파인 사월에서 세월이 뜯겨 나가

벚꽃이 켜질 때마다 아이들이 진다

너라는 비밀번호

너를 열 땐 언제나 처음부터 진땀이 나
쳇바퀴 다람쥐처럼 단서들을 되짚는다
비밀은 물음표 앞에
굳게 닫혀 덧댄 빗장

하루에도 여러 번씩 바뀌는 네 취향은
여기저기 흩어놓은 서투름과 내통해도
자물쇠 가슴에 숨어
드러나지 않는다

네 날씨 풀어내려 구름 표정 살펴보다
숨겨둔 꽃대라도 찾아낼 수 있을까
불현듯 네가 열린다
꽃송어리 활짝 핀다

폐저울

대청도 모래톱에 버려진 저울 하나

오목한 정수리는 파도가 앉기 좋아

켜켜이 소금기 배어 느루 목이 말랐네

빗방울 재는 일은 눈가가 붉어지나

비릿한 상처마저 누가 될까 덜어내고

썰물의 모자에 걸친 제 무게 재고 있네

기울어진 평형추에 진자리 눌러앉아

강마른 어머니 몸 환히 핀 녹의 무게

3킬로 처음의 나를 여태 안고 계시는

모래의 손

아파 찾는 바다에는 치유의 손이 있다

부러진 내 오후를 모래톱에 풀어두면

수많은 모래의 손이
나를 들어 올린다

딱딱한 내 걸음은 무게로 오는 걸까

때로는 느슨함이 단단함을 이겨내서

세상은 불협화음으로
서로를 조율한다

파도에 부려놓은 생각이 헹궈질 때

모래성을 비웃고 모래알을 폄하해도

제 꿈을 무너뜨리고
아픔 지우는 모래 손

페이스메이커

맨 앞을 끌고 가는 바람막이 촛불 하나

어느 순간 꺼져야 할 비운의 단막에도

기꺼이 역을 맡는다 높바람 미당긴다

지친 몸 다 털어내 더는 촛불 아닐 때

웅그린 바깥을 밀어 저 멀리 앞세우는

한 번도 중심이 되어 살아본 적 없는 사내

한 얼굴이 바람을 연다 다른 얼굴 만나서

외로운 길 마다 않고 앞을 밝히고 나간다

심지가 다할 때까지 나를 당긴 아버지처럼

햇빛 의자

속울음 번진 공터 의자 하나 누워 있다

슬픔을 배양하는 근심은 움푹해서
봄 입구 무료급식소,
한쪽으로 기운다

무너지는 무릎들은 어디서 쉬어야 하나

조그만 오두막은 끼니마다 리필이 돼도
그들은 오갈 곳 없어 오는 밤이 두렵다

햇살이 그려놓은 의자 위 오선지에
흔들리는 어깨가 음표로 와 누울 때

날마다 살아내는 비루,
왈츠로 일어선다

괄호 안에서

토요일 절름거리고 일요일 지워질 때
구설수가 모여든 담벼락은 금이 갔다

마당은 앞뒤가 닫혀 봄에 닿지 못한다

한 번의 실수로 기울어진 죄수의 딸
사람들은 돋보기로 나를 들여다본다

자라다 작아지기를 반복하는 상처들

조금만灣

아쉬움이 담긴 말엔 물소리가 납니다
옆구리 깊이 파여 먼 곳을 바라보면
돌아온 파도의 말이 귓전에 쏟아집니다

퉁퉁 부은 발목들이 찾아드는 늦저녁
슬리퍼도 운동화도 물소리에 녹아듭니다
차르르 지워진 발자국, 만 가득 들이칩니다

해초 냄새 덜 밴 기다림을 매만질 때
짠물을 맞아봤거나 흘려본 사람들은
발돋움 숨어 자라는 조금만의 근육입니다

모래시계 화석*

학기마다 내 학점은 무늬로만 채워진다
재학생과 섞지 못한 발걸음은 무거워져

마침내 쥐라기 화석
백수라고 불린다

졸업을 미룬 내일은 상처 많은 가루가 되어
책가방 둘러멘 채 모래시계로 들어간다

이 안의 희미한 가루
아버지인가 나인가

도서관 유리벽에 주말이 와 갇힌다
월세를 재촉하는 문자가 허리 찔 때

시린 밤 거꾸로 놓고
나는 다시 차오른다

* 최소한의 학점만 신청하고 일부러 여러 해 졸업을 미루는 학생.

콘센트

오목한 몸에선
결핍의 냄새가 나요
바람은 서늘한 내 몸을 읽어내고
깊어진 구멍 속에서 살결을 갉아먹어요

젖은 몸으로 성급하게
다가오지 마세요
목마른 우리는 녹아내리고 말 거예요
천천히 들어오세요 놓지 않을 거예요

하루에 몇 번이나
우리가 될 수 있는지
파트너를 바꿔가며 타보는 구름 기차
이제는 빼도 좋아요 전기밥솥 플러그

원초적 본능*

밥보다
사랑보다
고프다는 말은
수평선에서
바라본
아스라한
산 능선
우리가
간신히 딛고 선
타고난
그리움증

* 영화 제목.

러그의 발자국

어긋난 구두 발목 젖을수록 놓지 않아 높아진 회사 층계
하루가 무겁다 바닥은 묻어온 앙금 쉴 새 없이 움켜쥔다

떠돌던 바깥 소음 울음마저 목마른 자리 마지막 한 방
울까지 내 안에 스밀 때 날마다 엉겨 붙은 채 인연을 털어
낸다

몸을 밀착시켜 외롭게 살다 보면 옆구리에 숨구멍 하나
파두는 것 알게 된다 어둠이 편할 때까지 낮은 곳을 지킨다

2부

몸에 짓는 집

마음에 비 내릴 땐 다리를 꼬아요

빗물을 막으려면 허벅지부터 조여야 하죠
슬픔이 피어나지 않게 무릎에 무릎을 얹고

내 몸에 지은 집으로 내가 들어가요
저려오는 비굴쯤은 꾹 눌러 참아내고

당신이 두려워지면 재빨리 문을 닫아요

다리로 지은 집은 생각보다 튼튼해서
아무도 들 수 없고 나만 홀로 차올라요

고독을 배양시키면 아늑을 입을 수 있죠

즐거운 고립

폭설이 내리는 밤 찾아오는 메트로놈
맥박 소리 귓속에 집 한 채 짓고 있다

불안不安이
불편不便을 달고 달팽이에 들러붙는

나 말고 누구 하나 살지 않는 나선형 집
불不이란 글자들이 집을 채워나간다

마음에
이끼가 끼어 나는 이리 무거운 걸까

즐거운 고립孤立, 나는, 나 하나만 키우는 중
메트로놈은 여전히 죽지도 않았는데

불 자不字가
떠나고 있다 나는 더 기쁘게 고립高立

동막역 3번 출구

동막이란 말에는 풀 냄새가 배어나

기울어진 나를 수선하고 싶을 땐

연둣빛 출구를 따라 내일을 박음질해

숨 가쁘게 살았으니 한 번쯤 뒤돌아보고

창 너머 다른 세계 걸어보고 싶다면

풀 언덕 기다려주는 동막으로 오면 돼

창업교실 창작교실 그곳은 인생 수선소

물러나 쪼그린 무릎 다시 일으켜 세우지

동막엔 사철 봄바람 꺼진 삶도 불이 붙지

키위 행성

가로로 잘린 나는 폭발하는 행성이다

자잘한 흑점들은 마그마의 숨은 불씨

새콤한 은하계 하나
둥글게 팽창한다

풀지 못한 응어리는 녹여야 할 나의 표적

내 속엔 오래 발효된 총알이 빽빽하다

꽉 막힌 지구인들이
나를 찾아 종종댄다

우주에 닿으려고 급한 손길 와 앉는다

시큼하게 도사린 내 안쪽 알았는지

누군가 껍질을 깐다
팽창한다 오 빅뱅!

굉음에 올라타다

배달 앱에 코를 박고 콜 하나 낚아챈다

허기가 떠다니는 도시의 골목길에
삼천 원 목숨을 걸고 길을 접어 내달린다

꽉 막힌 취업 전선 대안 없는 미로에서
때로는 미끄러져 무르팍 다 깨져도

양 주먹 불끈거리며 접힌 몸을 활짝 편다

초를 재는 주문 탓에 숨이 턱턱 막혀와도
쌍무지개 뜨는 그날 언젠간 올 거라고

두 바퀴 굉음을 타고 또 하루를 밀고 간다

미틈달*

환절기 요양병원 병실이 말라가네

극심한 미세먼지 바람의 날개 꺾은 안개와 우울 혼합존 잔뿌리들 촉 세우는 엄마는 기침 조금, 평소보다 말이 많음 방언을 쏟아내지만 기분은 어린이날

간식은 요구르트에 방금 만든 눈사람

하매 갈라고? 자고 가 여어 방 많아여

갑자기 소의 눈빛에 심해지는 기침 소리 밤사이 늙은 소들을 잡아먹는 저승사자는 폐를 선호한다지 우리 소 옆자리에서 노래를 잘하던 소도 그렇게 저물었는데

잡을 것 놓을 것 많아 달력은 한 장만 남네

* '11월'의 순수 우리말로 들겨울달, 가을에서 겨울로 치닫는 달.

없는 사람

SNS 새 방에서 심장이 덜컹했어

알 수도 있는 사람으로 활짝 웃는 떠난 사람, 섬찟했던 마음이 걸려 삭제를 미뤘지 친하지 않아도 행사에서 만난 적 있는 그 사람은 외딴 별의 마지막 주민이었어 혹한기를 혼자 녹다가 얼다가 부서졌어 죽음으로 가는 과정을 드문드문 중계하던 액정 세상에서 어느 날 날아든 부고, 없는데 있는 사람, 있는데 없는 사람 내일 내가 그를 지워도 다른 이에게 살아 있을 머나먼 하늘 길 디지털 장례 아득해

여기는 죽기 힘든 곳 그는 아직도 웃고 있어

식겁

추석날 안부가 둥근달을 타고 오네
풍성한 한가위로 판에 박은 문장들

답글도
여기서 받아 저기로 던져볼까

삼색나물 무치다가 동그랑땡 부치다가
이마를 손보고 눈썹만 바꿔 보냈네

아뿔싸!
같이 가버린 아래쪽 인사말

순간 누른 삭제 버튼, 아직 안 봐 다행 다행
보름달 인사말이 이리저리 떠다니네

어머나!
배달 사고네요! 식은땀이 주르르

감염

계절과 상관없이 너는 불어오고

얼굴은 너보다
먼저 와 기다린다

기침은 초조한 몸 말
내가 보내는 속내다

밀접 접촉 없어도 나를 번져간 너

너를 읽고 베끼다가
너와 겹치고 만다

백신은 없다고 한다
밀어 올린 발열의 편지

너와 걷던 오솔길 산벚나무 어디쯤에서

원하지 않아도
네가 되어보는 일

얼굴이 번진다는 건
우리가 된다는 거

면, 사무소

도시에도 면이 있다 그 사무소 북적댄다
분주한 와중에도 직원은 고작 한 명
아무리 기다린대도 불평불만 전혀 없다

면장의 주 업무는 걸쭉한 맛 우리는 것
들깨 향 업은 욕이 구수하게 녹아들 때
예저기 터지는 웃음보 커튼콜은 덤이다

국숫집 면장님은 비요일이 더 바쁘다
찔끔 눈물 흘려대는 하늘도 그녀 단골
욕먹고 후련해지는 발걸음들 가볍다

데칼코마니

노을의 방식으로 여자는 빵을 굽고

남자는 여명으로 은빛 바퀴를 돌린다 여자는 미세먼지를 수평선으로 가늠하고 남자는 롯데타워가 보이는지로 읽어낸다 달그림자를 좋아하는 올빼미 족속 그녀, 밤이 되면 눈도 귀도 레이더를 키우고 확실한 그 사람은 레고를 하다가 뉴스가 끝나면 미라처럼 눕는다 우리 두 사람 빛나는 하이파이브 지점은 하나씩 키우고 있는 턱 밑의 까만 점, 같은 위치 다른 방향 도드라진 언어 한 톨, 두 얼굴 세워 접으면 하나로 포개지는, 밀고 끌고 숨 고르는 오래된 기표 하나

우리가 흔들릴 때마다 제자리로 데려다준다

유언이 딴청을 부리다

사과밭에 아버지 묻고
돌아오는 초저녁

푸릇한 달 골짜기로 낯익은 등 걸어가고
우듬지 이파리마다 눈물이 나부낀다

무덤 흙 마르기 전에 큰소리가 담을 넘자
사과나무 너머로 달빛은 숨어들고

어머니, 이불을 쓰고 나오지 않는다

늘어놓은 봉투들 여기 갔다 저기 갔다
순하던 자식들 눈에 불꽃이 타닥거릴 때

유언이 시치미 떼고
딴청을 부린다

우리 손자 잘 사러라

어머니 침대 밑에 구겨진 편지 봉투
어떤 마음은 누수처럼 제멋대로 새어 나가
후미진 곳에 깃들다 느닷없이 발각된다

겉면에 삐뚤빼뚤 철자 틀린 두 문장엔
돈이 적어서 미안하다 우리 손자 잘 사러라
손자는 새 식구 데리고 미국 가고 없는데

머릿속 잔가지의 물관이 막혀버려
어머니의 하루는 깜빡깜빡 구겨진다
남겨진 봉투 안에서 삼십만 원이 울고 있다

로봇과 노래하는 남자*

저 높은 그의 노래 바퀴에 먹혀 캄캄하다
목 아래 팔다리는 그의 것 아니어도
숨 쉬기 어려운 지옥
싹이 날 때까지

아버지가 배 밀어준 병원 주차장 발성 연습
한음 한음 별을 따려 이어 붙여 녹음한다
마음이 마음을 잡고
앞으로 앞으로

마침내 피었다 드높은 노래의 꽃
아버지 대신해 로봇은 배를 밀어
캄캄한 장막을 열고
환하다 그의 노래

* 남성 듀오 '더 크로스'의 김혁건.

46

흐르는 저녁

아파트 앞에서 길을 잃은 할머니
꽁꽁 언 손끝이 허공에 집 짓는다
무릎을 끌어안은 채
어둠을 쓰고 있다

1단지인지 2단지인지 물어도 대답 없는
구부려야 보이는 불안한 생의 바닥
힘겹게 살아온 그늘
노파를 삼킨 걸까

할머니가 할머니를 버리고 있을 때
자신도 알아듣지 못하는 저녁이
사람들 가까운 곳에서
차갑게 내려앉는다

3부

전복

칫솔을 갖다 대면
싹 오므리는 너를
빡빡 문지르다 숟가락을 억지로 넣어
집에서 떼어놓는다
초저녁이 이를 꽉 문다

넘실대는 하초下草와 푸른 물결의 낭만은
이제 잊어야 한다
지금은 비릿해질 때
여자로 산다는 것은
질끈 눈을 감는 것이다

뒤에서 읽는 어깨

어깨가 처진 사람과 웅크린 사람 중
누가 더 바닥에 가까운가요
한장 한장
겹겹이 쌓인 어깨를 보신 적 있나요

눈부시게 맑은 날과 못 견디게 흐린 날 중
어느 쪽이 어깨의 말을 읽어내기 유리한가요
어깨가 얼마나 두꺼운지
올올이 풀린 감정인지

어깨의 낱장을 하나씩 읽다 보면
무겁거나 가볍거나 한 가지 울음만 있죠
어깨는 단순한 몸이라
무게로 말해요

쌓일 때와 무너질 때 어느 쪽이 더 아픈가요
천근만근 늘어난다고 팔이 땅에 닿겠다고

알아요
뒤에서 읽는 어깨가 더 슬프다는 걸

촉 밝은 전구

수직을 잃은 엄마 긁는 병이 생겼나
머릿속 알전구 희미하게 깜빡일 때

쟁여둔 설움은 터져
피가 나야 멈춘다

장갑을 끼워두면 물어뜯어 벗겨내고
무엇을 들려줘도 금세 던져버린다

온밤 내
튕겨난 잠에 말들이 날뛰는 방

궁리 끝에 지폐 모아 식판에 올려주면
고요해진 얼굴로 하나하나 집어 든다

사임당 이불 속으로
맨 먼저 모셔두고

대왕님 율곡 선생 퇴계 선생 줄 세운다
이불 아래 쌓아둔 단단한 지폐의 성벽

엄마를
지키고 있는
강력한 수문장이다

아버지를 통과할 때

오빠와 나는 줄곧 아버지를 피해 다녔다

오랜만에 나타나 잘못을 불라 심문하던 숨어도 매번 찾아내 종아리에 피멍 들게 한, 악마 따위 없으면 좋겠다고 기도했다 스케치북엔 그가 없고 아.버.지.란 말 지웠다 시커먼 그림자는 쉽게 죽지 않아서 까끌한 수염에 자다가 소스라쳤다 몰래 다가와 딸의 볼을 훔치던 그 사람

오래된 내 토막잠은
그때부터 시작되었다

회초리는 숨겨도 걸어 나왔다 좀비처럼

아궁이에 숨었다가 치마 끝단에 끌려 나와 숯검댕이 얼굴로 가슴까지 까매진 남매, 그가 처음 아버지로 보이기 시작한 것은 사선을 넘나들며 짐승처럼 살아온 포로수용소 거제도의 통점에 데었을 때다 밥 먹을 때 건드리던 손

님 손 물었다고 어제는 진돌이를 사정없이 패다가 팔아버
린 아버지, 환청을 걸으며

　악몽은 진행 중이다
　역사의 빗금 질기다

첫 번째 공책

사월의 두려움에 너는 열고 나는 쓴다

수상한 꽃대와 떨리는 꽃잎들이
한 떨기 밤의 아가리로
촉수를 세운다

죽은 쥐에 대하여 허공을 써가는
고양이 발톱은 살기 위해 말을 아낀다

꼬리는 유통기한 지난
슬픔이라 적는다

숲이 걸어와 젖을 물리는 유년
나무는 나무에게 푸른 눈을 심었다

풀들은 어둠을 지날 때
바닥을 살아낸다

어머니가 녹아내려 별을 터는 것에 대해
처마 밑 빈 술잔과 아버지 날개에 대해

밤새워
얇은 집에 앉아
아프다고 받아쓴다

환승 이별

갈 곳을 물색해 놓고
공터를 키우는가

둘 사이에 따가운
말없음표 많아진다

잠시도
공백이 싫어
옮겨 타는 다음 차

수의

얼룩이 많을수록
무거워지는 편지 한 장
남 일 같아 낯설어서 눈물마저 달아난다
끝자락 곱게 접어도 내가 나를 놓치고

차가운 손 온기 나눠
넣어드리고 싶은데
아무리 찾아봐도 주머니가 없다
손금을 따라가다가 아버지의 강을 본다

손과 손이 만든 약속
닳아서 다 지워진
저 강물에 손 담그면 투명한 뼈 만져질까
물길이 꺾이는 곳에 백색 질문 한 장

봄밤

늦게 도착한 마음은
쓰나미로 와서

오래된 섬 하나
환幻하고 혼미하다

다정에
빠진 사람들
즐겁게 쓸려 간다

손금

내 양쪽 손바닥엔 물소리가 흐르지
뚜렷한 내 천川에서
철이 드는 그 소리

징검돌 밟고 건너는 저 아이는 누군가

손금이 따로 놀면 이혼을 하게 된대
내 손을 들여다보며
사람들은 말했지

비상등 깜빡일 때면 졸아들던 가슴속

어느 날부터 물소리는 음악이 되는 거야
송사리 떼 춤추고
천변 풀꽃 웃는 거야

때로는 큰비 찾아와 마음을 씻어주지

부부 수선공

말고삐 놓아버린 엄마를 수선한다
툭하면 말의 태엽 풀려버린 엄마를
말들은 혀를 붙잡아 미궁 속에 가둔다

아버지는 목숨 줄 잇는 부동의 나사였다
굵고 큰 두 손으로 그녀를 미당기며
수시로 풀어진 말을 조였다가 풀었다가

아버지 몸에서 나사들이 흘러내렸다
휘청이는 길 위에 비스듬히 선 그에게
엄마는 얇은 손으로 나사를 돌린다

혹한기

1

누굴까 작은 연못을 물의 뼈로 다 덮은 이는 한 치의 틈도 없는 매정한 저 뚜껑에 금붕어 잉어 가족들 숨구멍 다 막혔다

2

바이러스 유령은 도시의 숨통 틀어막고 얼어붙은 카페엔 찬 바람만 다녀간다 훈풍은 어디쯤 오나 오기는 하고 있나

3

오늘도 한 사람이 일하다 훅 날아갔다 넘치는 택배 물량에 밤을 잊은 좌절 앞에 말로만 개선하겠다 번지르르한 낯짝들

몸, 집 건축법

위험할 땐 황급히 피난처로 숨어야 해

쓰나미로 몰려오는 당신의 눈동자

맨몸은 저 홀로 뚝딱 요새를 완성하지

팔짱은 믿을 만해 나를 잡고 무장시켜

내가 잘 보여야 너도 잘 볼 수 있어

함부로 출렁이지 않게 고요하게 차갑게

기둥을 교차시켜 감정을 조여봐

그래도 부풀면 그것은 심장의 말

가슴이 시키는 대로 따라가면 되는 거야

아니라고 생각되면 방향을 바꿔봐

늘 정해진 각도와 어조는 식상하잖아

팔다리 풀어 헤치면 그때부턴 현실이야

아웃사이더

호수의 얼음은 가운데부터 녹는다

맨 먼저 얼어붙고 나중까지 살아남는

바깥은 가운데보다
얼마나 추울까

창밖에 떨고 있는 모르는 이웃들

손발이 부어올라 동고비 날아들고

바깥은 근육을 키워
자꾸만 해를 민다

낮에 나온 말들

깊어가는 호수는 검은색 편지지

애인을 업고 와 편지를 쓰는 바람, 잉크는 불빛 물빛, 서체는 물결흘림, 연인들은 밀어에 밑줄을 그어요 마지막 인사를 쓰고 있는 실바람, 반달 아래 쓴 편지는 왜 검은 걸까요

이별을 수신한 당신, 검은 문장을 곱씹어요

가라앉은 당신의 말, 만질 수 없는 사랑

호수로 들어가 반달이 된 그날의, 아득하게 멀어진 꼬리말을 잡고 싶어 바람은 바람을 한없이 따라가요 물속에 들어가면 읽을 수 있을까요 목련꽃 주파수에 연인들 무너질 때

달빛에 스미는 기억, 흘림체로 익는 봄밤

4부

코다리

막대가 되다 멈춘 살,
막대보다 아프다
생태로 못 가는 몸 북어도 되지 못해
턱 꿰어 웅그린 그림자 햇빛 이내 쥐었다

녹았다 얼었다 달빛마저 지쳐 쉴 때
맨몸을 통과하는 집요한 겨울바람

깊어서 오래 번지는 살냄새 비릿하다

무게를 덜어내도 물컹 잡힌 바다 속살
손가락 끝 쫄깃해진 눈송이 만져진다

살갗에 칼바람 새긴
아버지의 무늬들

몸에 짓는 집 2

총알을 피할 때는 아래층으로 도망가요
꽉 잠근 X자 다리 철옹성이 따로 없죠

말들이 튕겨 나가요
아프지는 않아요

나는 귀를 닫았어요 열고 싶지 않아요
당분간 문 잠그고 나는 나를 지켜봐요

팔짱은 완고한 빗장
아무도 열 수 없죠

내게서 겁먹은 내가 문을 자꾸 두드려요
나도 모른 내 속에 한가득 들어찬 화火

폭탄이 째깍거려요
내 집이 위험해요

서쪽으로 가는 기차는 과속입니다

어머니
우리 손잡고
좋은 데 놀러 가요

개나리 처녀 부르고 그림도 그리면서

날마다 자라만 가는 그늘을 속인다

저녁밥 한술 뜨고 새벽 마실 나갈 때
어제 산 블라우스 오늘도 또 사 올 때

짓무른 입구 쪽으로 하루해가 떨어진다

글썽이는 창문 밖
흐려지는 풍경 너머

기우는 햇살 아래 낙엽을 모으는 아이

서쪽의 바람 소리가 빠르게 무성해진다

오줌 테라피

남자들 먼저 가고 산소 옆 비탈에 앉아
네 고부 뽀얀 엉덩이 쉬작에 몰두한다

까치의 특종 제목은
그녀들의 쉬작법

적막을 깨뜨리는 오줌 소리 쏴아 쏴아
여인들 날풍속화 산속에 펼쳐질 때

좁다란 물길 연대가 뜨듯하게 흐른다

비에 젖는 흙 냄새 오줌으로 불러내면
아로마 따로 있나 피톤치드 따로 있나

남자는 결코 모르는
근거리형 테라피

코비드 19 블루

사람들 눈만 내놓고
표정을 지워갈 때

거리의 상가들 폐점 폐점 임대 임대

명자꽃 눈치도 없이 꽃멍을 쏟아낸다

요양병원 유배된 엄마
언제나 얼굴 볼까

물 건너 아들은 좀비굴에서 괜찮은지

날 세운 바닷바람이 내 속을 할퀴고 있다

빌라왕

신축 빌라 세입자로 깡통에 떨어졌어

요란한 빈 소리에 입맛은 달아나고 본 적 없는 새 주인
은 전화를 받지 않아 덜 입고 덜 먹으며 대출 끼고 그물에
덜컥, 경매에 바지사장 근저당 확정일자 어제는 꿈에서 내
가 매물로 넘어갔어 보증금은 어디 가고 볼모로 잡혀서
어둠을 차곡차곡 쌓아두는 저물녘

언제쯤 나갈 수 있나
이 환장할 감옥에서

풀

풀들은 바람에 몸을 맡기는 게 편하다고

흔들리는 게 아니라 바람 타고 노는 거라고

눕는 척 쓰러지다가

일어나고 또 일어난다

드러눕는 12월

1
마스크 떠다니는 도시의 골목길에
점포들 하나둘씩 어두워지다 쓰러진다
빛나던 꿈 알갱이들 까맣게 녹는 사람들

언제쯤 봄바람 불어 기지개 펼 수 있을까
소나무 발치에서 맥문동 다 누웠다
맥 놓고 삭아간 관절 사력을 다한다

2
삼수 끝 신입생 아들 캠퍼스를 잊은 채
예저기 삐죽하게 부리만 자라난다

조금씩 시간을 덮어
드러눕는 겨울 아침

염소자리 시려오는

1

바다 깊이 묻어둔 말 물기둥이 솟는다

애인은 내가 사준 구두를 신고 가고

그 계절 말 많은 혀들이 발목을 잡았다

2

시링크스* 소리가 지평선을 넘어올 때

염소자리 언저리로 아주 잠깐 다녀간 비

간절곶, 저문 안부가 잘 들리지 않는다

* 그리스신화에 나오는 님프, 갈대를 잘라 만든 풀피리.

봄비가 그냥

1
그키 오랜 어둠 속을
시샘하는 바람을

기어이 이기내고
어제 겨우 꽃등 키가

진종일 긋는 봄비에 마카
꺼지삐고 말다이

2
조은 대학 갓따꼬 그키 조아하던 니가
2주 만에 니리와 도라가지 몬햇따
이럴 줄 아라떠라만 밤샘 공부 말릴 낀데

벚꽃 필 때 떠난 딸아 꽃띠 이쁜 내 딸아
기숙사 니 친구들 마카 와서 울고 가따

밖에는 봄이라꼬 막 꽃사태가 낫는데

나는 홀로 멍이 들어 슬픔만 매매 피고
오늘가치 봄비 오만 꽃멍 때리 비멍 때리

가심팍
저 물길에서
니가 종일 흐른다

나무의 배꼽

하복부에 구멍을 키우는 나무들
욕창인가 임질인가 애정의 징후들

도망도 못 간 포로들 아랫도리 파먹힌다

벌레똥 새똥이 만든 움푹한 공동空洞들
못 견디게 적막할 땐 걸음을 멈추고

뒤돌아 들여다보는
나무의 음부가 있다

배꼽이 할 수 있는 건 아래를 견디는 것
어느 날의 산통 뒤엔 아기 구멍이 태어난다

이토록 막무가내 진통
이렇게도 큰 수문

배꼽을 열고 들어가면 가장 깊은 나무의 자궁
새가 오면 새집이 되고 벌레가 오면 벌레집 되는

때로는 꽃씨를 싹 틔우는 어두운 아우성城

눈물뿐만 아니라 새와 꽃이 고이는 집
그 집 앞 봄을 걸으며 배꼽을 만져본다

나무의 사타구니엔 나무의 첩이 산다

침묵이라는 소음

너와 나 대화 방식은 입을 닫는 것이지

소파 아래 침묵 소리 선반 위 침묵 소리

실루엣 어른거리는 집
얼굴 지우고
색채 지우지

거미줄은 아침마다 내 꽁무니 네 꽁무니에

불면을 뽑는 그물에 내 걸리고 네 걸리고

통째로 귀만 자라서
소음이
삼켜지는

가림산 둘레길

품이 넓은 이름이다
나지막한 그 길

부끄러움 털어내는 나만의 시간들, 턴다고 다 털리겠나
가려줘서 좋은 길, 마스크와 선글라스로 가리지 않는 길
산벚나무는 다른 나무와 구별하기 어렵다지 벗었다고 다
보이지 않는 계절이 흘러간다 벗은 나무는 몸을 다 드러
내도 물음표, 산벚나무라고 증명하지 않는 그냥 나무 한
그루, 바람에 맞서 숨기려고 애쓰는 나무들아 보아라 겨울
은 가림산의 의중이다 봄이 오면 가림막을 벗게 될 산벚
나무, 그 옆에서 둘레길의 외연으로 걸어가는 난 언제나
가릴 것이 많은 사람, 그런 사람

몇 겹의 옷을 입었지만
부끄럽고 추운 날

연필의 속내

매끄러운 걸음은 곡조가 없어서

섬세한 보폭으로 감정을 싣는다 발끝은 이내 토라져 흑심을 들킨다 종이의 속내를 알고 가는 걸음은 글씨도 살이 쪄 마음이 짙어진다 아픈 데 꾹꾹 눌러줘 종이를 위로한다 네 살결 애무하며 나를 써나갈 때 내가 뾰족하면 네가 울지도 몰라

날마다 흑심을 버려
나를 깎고 네게 간다

두만강 독서

한복도 군복도
어깨춤 추는 도문* 광장

뒤틀린 남과 북에 나룻배는 휴업 중

저만치 놓인 철교는
무엇을 필사하나

손 닿을 듯 좁은 강폭
헤엄치면 건널 거리

강 건너 북한 땅은 녹음이 짙푸른데

철조망 겹겹 두르고
강물은 울며 간다

* 두만강을 사이에 둔 북한과 중국의 국경 지역.

파도

수평선 자락을 말아 안고 오는 당신

부려놓은 수북한 말 어떻게 읽어낼까

손으로 만져보다가
매 순간 놓치고 마는

아무런 준비 없이 속수무책 달려들어

발자국 지워지고 목소리는 묻힐 때

포말로 부서진 울음
당신인가 나인가

줄어들지 않는 사랑,
물새가 물고 간다

밀려오고 쓸려 간 말 되찾을 수 있을까

당신은 아무 말 없이
경계선을 긋는다

남편을 팔아요

겨울에만 공유해요 따뜻한 내 남자

추울수록 인기 있는 부드러운 곁님을 거리에 홈쇼핑에
단골로 내걸어요 그의 몸이 와 닿으면 강추위도 사르르
바지에 가죽장갑 부츠와 맨투맨까지 이보다 포근할 순 없
다고 기모 기모 남원 양씨 기모 씨를 헐값에 내놨어요 보
온성 더해주고 답답함은 전혀 없는 베스트셀러 기모 터치
오늘의 추천 상품 남편을 내다 팔아 시조를 삽니다

양기모 극세사 바지 오늘만 9000원

'나'를 마주하는 홀로서기

이송희 시인

1

삶은 결핍과 부재로 충만해 있다. 이 부재와 결핍은 결코 혼자서 채워나갈 수 없다. 서로가 서로를 통해 부재와 결핍을 채워나갈 때 우리는 진정으로 더불어 성장할 수 있을 것이다. 시인은 서로의 빈틈을 채운다는 믿음과 그 실천이 있다면 우리모두 고해苦海에서 벗어나는 해탈의 길이 열린다는 것을 알리고자 했던 것은 아닐까? 모든 진리는 부분적이고 모든 가치는불완전하다. 그 부분적이고 불완전한 진리와 가치를 온전하게만드는 것은 서로를 이해하고 포용하는 인간애일 것이다.

정상미 시인의 첫 시집『안개의 공식』은 자기 성찰의 과정을통해 건강하게 더불어 살아가는 공동체적인 사유와 가능성으로 충만한 세계를 펼치고 있다. 인간 내면의 상처와 슬픔, 고통의 시간을 함께하며 가족과 이웃, 국가에 대한 염려가 사랑과 연민으로 전환되는 순간을 공유한다. 그것은 "얇은 집"의 추위와 더위를 견뎌야 하는 두려움이면서 "오갈 곳 없어 오는 밤이 두렵다"(「햇빛 의자」)고 말하는 이들의 목소리이고, "나를 안은 얇은 상처"(「귤 - 얇은 집」)들이다. 그러나 어둠과 추위, 상처를 견뎌왔던 근원적인 힘은 시 「원초적 본능」에서 고백했듯이 "우리가/ 간신히 딛고 선/ 타고난/ 그리움증"에 있다. 정상미 시인의 첫 시집이 갖는 매력은 슬픔과 고독, 고통과 상처 등을 아프게 포용하면서 자연스러운 시기(때)에 맞춰, 그 시·공간의 공백을 '그리움증'으로 메우는 전략적 구성에 있다. 화려한 수사보다는 내밀한 정서 표현에 집중하고, 묘사와 진술의 균형감각을 유지하며 주제 의식을 부각하는 선명한 화법이 시집의 긴장감을 더해주고 있다.

애수에 찬 감정을 절제된 언어로 긴장감 있게 풀어나가는 시상 전개는 이번 시집에서 빈번히 발견할 수 있다. 그것은 어머니와 아버지라는, 우리의 보편적인 정서를 자극하는 이름과 유년의 '얇은 집'에 대한 기억을 환기하는 사유들이 시집을 관통하는 큰 줄기를 형성하고 있기 때문이다. 세월호로 아픈 4월과 분단의 슬픔을 품은 두만강, 자연이 살아 숨 쉬는 동막역의 풍경은 우리의 잃어버린 시간이자 기억해야 할 오늘이면서, 되찾아야 할 내일이다. 그러나 이러한 시간을 공유하기 위해서는 공식을 풀고 비밀번호를 찾아 문을 열어야 한다. 이 시집에서 '안개의 공식'을 푸는 열쇠와 '비밀번호'를 찾아내기 위해서는 '나'로부터 비롯되는 내면의 소리에 집중해야 한다. 시 「즐거운 고립」에서처럼 "폭설이 내리는 밤"이 오면, 어느새 귓속에 둥지를 튼 메트로놈 소리는 더 크게 들린다. "나 말고 누구 하나 살지 않는 나선형 집"이면서 "불不이란 글자들이" 채워나가는 그 집은 '불 자不字'가 떠나면서 비로소 평온이 찾아온다. 이 소리가 오히려 스스로에게 위로와 안식이 된다는 것을 '고립'이라는 말로 애써 포장하려는 것은 아닐까? 폭설이 내려 세상이 고요하므로 내면의 소리는 더 크게 들릴 수밖에 없다. 혼자 듣는 소리이기에 더 불안하고 불편한 그 소리들을 공유하는 자리에서 시적 주체는 "더 기쁘게 고립高立"되는 존재가 된다.

시인은 아파서 찾는 "바다에는 치유의 손이 있다"는 것을 깨달았기에 기꺼이 고립을 받아들일 수 있는 것인지 모른다. "부러진 내 오후를 모래톱에 풀어두면// 수많은 모래의 손이/ 나를 들어 올"(「모래의 손」)리는 순간이 온다는 희망으로 견뎌내는 삶이 여기 있다. "날마다 살아내는 비루"가 "왈츠로 일어선다"(「햇빛 의자」)는 것을 알기에 '지금 여기'에서의 삶을 살아간다는 게 가능한 것이다.

2

정상미 시인이 그린 유년의 길목은 어둡고 춥고, 얇고 깊어서 앞이 잘 보이지 않는다. 안개 속에서 어렴풋하게 만져지는 "오목한 몸에선/ 결핍의 냄새가"(「콘센트」) 났지만, 냄새를 닦아낼 공식은 주체의 몫이 아니었다. '얇은 집'에 대한 서사는 '수직의 힘'을 잃어가는 몸으로 '나'를 와락 끌어안아 주는 '어머니'라는 존재로부터 시작된다.

    보이지 않는다면
    다 볼 수 있는 거다

    아무도 밟지 않은
    미지의 아늑처럼

    뭐든지
    와락 그러안는
    어머니의 환한 감옥
    　–「안개의 공식」 전문

눈을 뜨면 보고 싶은 것만 보게 되고, "보이지 않는다면/ 다 볼 수 있는 거"라는 이 문장은 의식적인 측면에서도 맞는 말이다. 우리는 눈을 통해 보고 싶은 것만을 보고 믿고 싶은 것만을 믿는데, 이것을 선택적 지각 이론이라 한다. 그러나 육신의 기능이 멈춰서(뇌파는 사라지고 심정지가 온 상태) 근사 체험을 하게 된 이들의 말에 의하면, 육신의 모든 감각기능이 멈췄지만, 의식은 그 무엇보다 선명하게 깨어 모든 것을 보고 듣고 느낄 수 있게 된다고 말한다. 인간의 오감을 통해 받아들인 감각은 유한하고 일시적인데 반해, 육신이 기능하지 않는 세계에서는 시·공간에 얽매이지 않으므로 모든 것을 '있는 그대로' 꿰뚫어 인지할 수 있다는 것이다. 주체는 안개가 자욱해서 잘 보이지 않는다고 했는데, 그것은 신체적 감각을 차단하면 다 보이게 된다. 안개 속이라면 현실적으로 우리가 눈을 통해 보는 것이 제한된 상황인데, 그럼에도 "보이지 않는다면/ 다 볼 수 있는 거"라고 했으니 그것은 이미 인간의 신체적 감각이 전부는 아니라는 것을 처음부터 보여주기 위함일 것이다. 주체는 "아무도 밟지 않은/ 미지의 아늑처럼// 뭐든지/ 와락 그러안는/ 어머니의 환한 감옥"이 안개라고 했다. 여기서 안개는 육신의 안식처가 아니라 영혼의 안식처로 기능한다.

어머니의 존재처럼, 육신에 국한되지 않고 무한하고 영원한 세계로 '나'를 이끄는 것이 안개다. 안개가 끼면 '부분'이 아니라 '전체'를 기억해 내야 한다. 그리고 모든 것을 다 한꺼번에

인식해야 한다. 그러지 않으면 어머니의 품속, 즉 '환한 감옥' 속에서 자유를 누릴 수가 없다. 마치 멀리 뛰기 위해 먼저 몸을 잔뜩 웅크려야 하는 것처럼, 혹은 잔뜩 눌려야 펼 수 있는 용수철처럼, 강력한 압축이 있어야 신장伸張도 가능해지는 것처럼, 안개는 일종의 인간의 신체적 감각을 제한하고 차단하는 과정을 통해, 오히려 인간 본연의 역량(의식)을 이끌어내는 도구로서 기능하는 것이다. 말하자면 안개는 주체의 잠재된 능력을 끌어내기 위해서 일부러 위태로운 안개 속으로 몰고 가며 주체의 역량을 발견하게 하는 역할을 수행해 내고 있는 셈이다.

대청도 모래톱에 버려진 저울 하나

오목한 정수리는 파도가 앉기 좋아

켜켜이 소금기 배어 느루 목이 말랐네

빗방울 재는 일은 눈가가 붉어지나

비릿한 상처마저 누가 될까 덜어내고

썰물의 모자에 걸친 제 무게 재고 있네

기울어진 평형추에 진자리 눌러앉아

강마른 어머니 몸 환히 핀 녹의 무게

3킬로 처음의 나를 여태 안고 계시는
　－「폐저울」전문

　'폐廢'는 기능이 정지된, 쓸모없는 상태가 되었음을 나타내는 말이다. 이 시에서는 단순하게 버려졌다기보다는 더 이상 기능할 수 없는, 용도를 잃어버린 저울로서의 의미를 담고 있다. "대청도 모래톱에 버려진 저울"은 "비릿한 상처마저 누가 될까 덜어내고/ 썰물의 모자에 걸친 제 무게 재고 있"다. 평형추가 있는 저울은 무언가에 눌려서 3킬로 정도의 무게를 지탱하면서 모래톱에 박혀 있는 상태다. 무게를 감당하면서 오래도록 모래톱에 처박혀 녹도 슬고 기능도 용도도 잃어가는데 주체는 그것이 마치 어머니의 모습 같다고 느낀다. 처음 3킬로로 태어난 '나'를 줄곧 품어 안은 어머니는 시간이 지나면서 허리도 굽어가고 힘도 빠지면서 점점 오래된 저울처럼 녹이 슬어간다. 버려진 저울을 보니 '나'를 끌어안고 끝까지 책임지는 어머니의 모습이 겹쳐 보여 안쓰럽다. 자식의 무게를 부모가 감당해

내는 것인데, 저울은 이러한 주체의 슬픔을 데려오는 기억의
기제로서 기능하고 있는 것이다.

수직을 잃은 엄마 긁는 병이 생겼나
머릿속 알전구 희미하게 깜빡일 때

쟁여둔 설움은 터져
피가 나야 멈춘다

장갑을 끼워두면 물어뜯어 벗겨내고
무엇을 들려줘도 금세 던져버린다

온밤 내
튕겨난 잠에 말들이 날뛰는 방

궁리 끝에 지폐 모아 식판에 올려주면
고요해진 얼굴로 하나하나 집어 든다

사임당 이불 속으로
맨 먼저 모셔두고

대왕님 율곡 선생 퇴계 선생 줄 세운다
이불 아래 쌓아둔 단단한 지폐의 성벽

엄마를
지키고 있는
강력한 수문장이다
  -「촉 밝은 전구」 전문

　수직垂直을 잃은 엄마는 똑바로 당당하게 서 있지 못한다. 알
전구 희미해지듯 깜빡깜빡 잘 잊어버리기 때문이다. 그런 엄마
에게는 자기 몸을 갉는 병이 있다. 주체의 엄마는 치매로 지나
온 삶의 기억을 거의 잃어버린 듯하다. "장갑을 끼워두면 물어
뜯어 벗겨내고/ 무엇을 들려줘도 금세 던져버"리는 엄마의 행
동은 치매에서 비롯된 것인데, 아이러니한 것은 그럼에도 "지
폐 모아 식판에 올려주면/ 고요해진 얼굴로 하나하나 집어 든
다"는 것이다. 돈은 치매가 걸린 그녀에게도 치유와 평화를 준
다. 모든 기억을 다 잃어도 돈에 대한 기억은 생생하게 남는다.
유일하게 엄마를 잠재울 수 있는 방법 중 하나가 돈이라는 것
은 우리가 자본주의의 노예라는 것을 증명하는 것이기도 하다.
그녀는 죽는 그 순간까지 돈을 놓지 못한다. 그것은 "엄마를/
지키고 있는/ 강력한 수문장"이라고 할 수 있다. 제목인 '촉 밝

은 전구'는 의식이 희미하게 꺼져가는 순간에도 돈에는 촉이
밝다는 웃기고 슬픈 현실을 담고 있다. 슬픔을 웃음으로 승화
시키는 해학과 아름다움이야말로 주체를 버티게 하는 힘인지
도 모른다.

환절기 요양병원 병실이 말라가네

극심한 미세먼지 바람의 날개 꺾은 안개와 우울 혼합존 잔뿌
리들 촉 세우는 엄마는 기침 조금, 평소보다 말이 많음 방언을
쏟아내지만 기분은 어린이날

간식은 요구르트에 방금 만든 눈사람

하매 갈라고? 자고 가 여어 방 많아여

갑자기 소의 눈빛에 심해지는 기침 소리 밤사이 늙은 소들을
잡아먹는 저승사자는 폐를 선호한다지 우리 소 옆자리에서 노
래를 잘하던 소도 그렇게 저물었는데

잡을 것 놓을 것 많아 달력은 한 장만 남네
  ─「미틈달」전문

미틈달은 입동이 들어 있는 11월을 뜻하는 순우리말이다. '말라간다는 것'과 '저물어간다는 것'과 11월은 인생 종점에 다다른 사람들의 이야기라는 배경을 환기한다. 무라카미 하루키는 '죽음을 앞둔 시한부 환자의 삶'을 흡사 기차가 종점에 다다르면서 속도를 점점 줄이다가 결국 멈춰 서는 것과 닮았다고 표현했다. 삶의 불씨가 서서히 꺼져가는 모습, 그러다가 어느 순간 확 꺼지는 모습을 비유한다. 몸이 마르면 죽는데, 미틈달은 메말라 가는 계절이다. 이미 계절은 한 해의 끝에 다다랐고, 해도 저물고, 늙은 소도 저물었다. 더 이상 잡을 수도 놓을 수도 없는 상황에 놓인 소는 여기서 죽음의 의미를 갖는다. 희생 제의물로서의 소는 평생 인간을 위해 희생한 존재로서의 의미를 더한다. 요양병원의 어르신들 또한 자식을 위해 자신을 희생한 존재일 텐데 막상 자식뿐만 아니라 자신을 찾아주는 사람 또한 드물다. 여기서 소는 세상에 대한 집착과 미련 등을 의미하기도 한다. 소는 가장 어두울 때 자신을 희생해서 누군가를 태어나게 하는 존재이기 때문이다.

3

　정상미 시인은 "원하지 않아도/ 네가 되어보는"(「감염」) 경험을 통해, 쉽게 극복하기 어려운 슬픔과 고통의 삶을 헤아려 본다. 가난과 폭력 등에서 시작된 주체의 서사는 기억으로부터 해방되지 못하고 여전히 괄호 속에 갇혀 있는 현재다.

　쉽게 우는 것이란 쉽게 귀를 여는 것
　그만큼 너에게로 가까이 간다는 것

　내 문은 작은 손에도
　순하게 열린다

　잦은 이사에 지붕 새고 벽과 벽은 금이 간다
　사람들이 담장을 쳐 나를 고이 가둘 때

　눈가가 짓무르는 건
　작은 방문 열린 거다

　한때는 문 단단한 오렌지가 부러웠고
　가끔은 더 견고한 석류가 그리웠다

밤마다 가장 두려운 것

나를 안은 얇은 상처

　－「귤 - 얇은 집」전문

　'이사移徙'의 '이移'는 '벼가 많음'을 의미하는 한자다. 가을
에 벼농사가 잘되어서 수확한 벼가 많다 보니 이사를 가야 하
는 상황이 되었다는 의미에서 파생된 말이다. 본래 '이移'는 '번
영과 풍요'의 의미를 담은 한자인데 현실은 꼭 그렇게 넉넉하
지 않은 경우가 많다. 귤껍질처럼 얇은 집인 이곳은 "작은 손에
도/ 순하게 열"리는 얇은 벽과 문, 담장과 지붕으로 지어졌다.
"잦은 이사에 지붕 새고 벽과 벽은 금이" 가고, "사람들이 담장
을 쳐 나를 고이 가"두기도 해서 "한때는 문 단단한 오렌지가
부"럽기도 했던 것이고 "가끔은 더 견고한 석류가 그리웠"던 것
인데, 현실은 이러한 여유를 허락하지 않는다. 이 시는 결국 주
체의 두려움과 그리움과 부러움으로 마무리된다. 쉽게 허물어
지는 얇은 벽과 문과 지붕은 '나'를 잘 보호하지 못해 자주 이사
를 가야 했던 곳이다. 집 자체가 상처다. 그래서 주체는 오늘 밤
도 무서움과 두려움에 시달리면서 '오렌지와 석류'의 껍질이
부럽기만 하다. 누군가는 오렌지 껍질처럼 두툼하고 또 누구
는 석류 껍질처럼 단단한데 '나'는 얇은 귤껍질처럼 마음이 여

려서 작은 손에도 순하게 열리고 만다. 상처를 잘 받고 자신을
보호해 주는 것도 연약하므로 밤에 더 취약하다. 호락호락하지
않았던 삶의 이력은 이사를 거듭하며 두툼하고 단단해졌을까?

맨 앞을 끌고 가는 바람막이 촛불 하나

어느 순간 꺼져야 할 비운의 단막에도

기꺼이 역을 맡는다 높바람 미당긴다

지친 몸 다 털어내 더는 촛불 아닐 때

웅그린 바깥을 밀어 저 멀리 앞세우는

한 번도 중심이 되어 살아본 적 없는 사내

한 얼굴이 바람을 연다 다른 얼굴 만나서

외로운 길 마다 않고 앞을 밝히고 나간다

심지가 다할 때까지 나를 당긴 아버지처럼

역동적인 운율의 속도를 결정하면서 이끄는 요인을 페이스메이커pacemaker라고 한다. 사회자이기도 하고 앞에서 분위기를 만들어가는 존재로, 리듬이나 분위기를 조성해서 어떤 무리를 이끌어나가는 선도적인 대상을 말하기도 한다. "맨 앞을 끌고 가는 바람막이 촛불"이라서 꺼질 가능성도 높은데, 그 각오로 어떤 움직임이나 운동에 촉매제를 제공하는 존재로, 선구자의 개념이다. "어느 순간 꺼져야 할 비운의 단막"의 어떤 역할도 다 맡는 그는 누군가를 위해 자리를 내주느라 "한 번도 중심이 되어 살아본 적 없"다. 결국 "외로운 길 마다 않고 앞을 밝히고 나"가는 그는, "심지가 다할 때까지 나를 당긴 아버지"라는 이름이다. 아버지는 가족의 바람막이 역할을 해주는, 진정한 가장이다. 한 번도 중심이 되어 살아본 적이 없는 사내는 제일 좋은 것과 필요한 것을 가족들에게 양보하고 가장 마지막에 자기 몫을 취한다. 책임지고 감당해 내는, 어른의 기본 조건을 아버지라는 이름으로 보여주고 있다. 한없이 작아진 아버지의 존재 앞에서 이제 주체가 페이스메이커가 되어야 할 차례다.

오빠와 나는 줄곧 아버지를 피해 다녔다

오랜만에 나타나 잘못을 불라 심문하던 숨어도 매번 찾아내
종아리에 피멍 들게 한, 악마 따위 없으면 좋겠다고 기도했다
스케치북엔 그가 없고 아.버.지.란 말 지웠다 시커먼 그림자는
쉽게 죽지 않아서 까끌한 수염에 자다가 소스라쳤다 몰래 다가
와 딸의 볼을 훔치던 그 사람

　

오래된 내 토막잠은
그때부터 시작되었다
　－「아버지를 통과할 때」부분

　

"오빠와 나는 줄곧 아버지를 피해 다녔다"는 초장의 도입은
"오랜만에 나타나 잘못을 불라 심문하던" 아버지가 "숨어도 매
번 찾아내 종아리에 피멍 들게" 했다는 폭력성을 구체화한 중
장으로 이어가면서 오빠와 내가 줄곧 아버지를 피해 다닐 수밖
에 없었던 이유를 설명한다. 그리고 "오래된 내 토막잠"이 그때
부터 시작되었다는 고백의 진술로 첫 수를 마무리한다. "회초
리는 숨겨도 걸어 나왔"던 좀비 같은 아버지가 "처음 아버지로
보이기 시작한 것은 사선을 넘나들며 짐승처럼 살아온 포로수
용소 거제도의 통점에 데었을 때"라고 한다. 아버지가 가정 폭
력을 저지르면 자식들이 정상적으로 자라기가 쉽지 않은데, 그
악몽은 아직도 진행 중이라고 주체는 말한다. 폭력적인 아버

지는 당시 한국전쟁에 참전한 듯한데, 대체로 군대에서 전쟁을 직접 겪었던 사람들은 심성도 거칠어지기 십상이다. 전쟁터에서는 적을 죽이지 않으면 자신이 죽기 때문에, 살아남기 위해서라도 살기殺氣를 품고 살아갈 수밖에 없다. 그리고 늘 피가 마르는 긴장과 불안 속에 살 수밖에 없다. 전쟁이 끝나 다시 일상으로 복귀하더라도, 전쟁이 가져온 '살기殺氣와 공포 그리고 불안'은 일상에서도 그대로 지속되어 자신뿐만 아니라 그의 가족을 괴롭힌다. 그래서 전쟁의 트라우마를 극복하지 못하면 그것이 그대로 자식들에게 대물림될 수 있다.

아버지는 폭력을 통해 문제를 해결할 수 있다고 생각하는 존재다. 전쟁은 일상생활에서도 지속적으로 강박적인 피해망상과 적개심 그리고 증오를 불러와 폭력을 일상화하게 만든다. 이런 트라우마가 쉽게 치료되지 않는 까닭은 자신이 부정당하고 언제라도 죽음에 이를 수 있다는 악몽이 여전히 지속되고 있기 때문이다. 폭력은 문제를 해결하는 최악의 방법으로, 거듭하여 폭력을 되풀이하는 최악의 트라우마를 남긴다. 폭력은 당장 문제를 해결하는 효과가 있는 것처럼 보이지만 절대 좋은 해결책이 될 수 없다. '칼로 일어선 자는 칼로 망한다'는 말이 있듯이 물리적인 힘의 논리로 상대방을 제압하려고 하면 '나' 역시 똑같이 물리적인 힘의 논리로 제압당한다. 그것이 진실이나 진리, 의미나 가치를 두고 사람의 마음을 움직이는 것이 아

닌 우격다짐으로 하는 것이기 때문이다. 전쟁을 경험한 아버지
가 폭력을 통해 일상생활의 문제도 해결하려 들 수 있다는 이
야기다. 이런 아버지를 절대 닮지 않으려고 하지만, 어쩔 수 없
이 아버지에게 폭력을 배우게 되는 안타까운 상황을 만날 수
있다.

4

시인은 개인의 폭력을 넘어 사회적 폭력을 야기하는 다양한
주체들의 이야기를 전면에 내세우며 변화되는 사회의 위험성
과 '폭력의 일상화' 등에 대한 서사를 공유한다.

토요일 절름거리고 일요일 지워질 때
구설수가 모여든 담벼락은 금이 갔다

마당은 앞뒤가 닫혀 봄에 닿지 못한다

한 번의 실수로 기울어진 죄수의 딸
사람들은 돋보기로 나를 들여다본다

자라다 작아지기를 반복하는 상처들
　－「괄호 안에서」전문

　'괄호括弧'라는 단어에는 활 모양처럼 글자를 묶는다는 의미가 들어 있다. 토요일과 일요일은 휴일이어서 보통 집에서 쉬거나 여가 생활을 하는 경우가 많은데, 누군가는 할 일 없이 SNS 담벼락에 악성 게시글 혹은 댓글을 달며 타인을 비방·비난하고 욕설을 퍼붓기도 한다. "구설수가 모여든 담벼락"에 금이 가면서 "마당은 앞뒤가 닫혀 봄에 닿지 못한" 상황에 처하게 된다. 봄은 포근함과 따뜻함, 인자함 등으로 일단 생명을 살려보자는 의지를 담아내는 인정이 있는 계절인데, 그런 인정이 조금도 보이지 않는 곳이 "구설수가 모여든 담벼락"이다. 지켜보는 눈들이 도처에 깔려서 일거수일투족을 감시하고 있다. "자라다 작아지기를 반복하는 상처들"은 낫다가 덧나기를 반복한다. 괄호는 어떤 대상을 완벽하게 묶지는 못하지만 가장자리를 묶는 형태를 띠고 있어, 어떤 내용을 부연 설명 하거나 뜻을 더 명확하게 전달하고자 할 때, 그리고 마음속의 말들을 담아낼 때 사용한다. 이를테면 그 속내를 자세하게 지켜보겠다는 의미의 괄호가 되는 것이다. 어떻게 하면 상대의 허물을 찾아 꼬투리를 잡아볼까, 돋보기를 들이대며 예의 주시 하는 행동으로, 호시탐탐 먹이를 노리는 맹수와 다르지 않다.

자신의 이름을 감춘 채 사회에서 받은 온갖 스트레스와 불만, 무시, 차별 등에 대한 반감 혹은 자격지심으로 사이버 공간에서 일면식도 없는 상대에게 분노의 악다구니를 쏟아내는 폭력을 가하는 것이다. 자신의 화를 풀 수 있는 먹잇감을 찾아서 물고 늘어지는 것이야말로 피해망상에 다름 아닌 행동일 것이다. 자신의 생각이나 신념에 집착하는 경우 타인을 향한 비난 행위는 심해진다. 어떤 생각과 집착에 몰입해 있는 것 자체는 질병이다. 그들의 사이버 폭력은 적개심이고 분노이며 울화다. 시인은 자기와 직접적인 이해관계가 있든 없든 '괄호 안', 즉 가상의 공간에서 비겁하게 숨어서 상대방을 비방하고 명예를 훼손하는 행위를 비판하며 타인에 의해 반복적으로 상처받는 존재들에 관한 시선을 놓치지 않고 있다.

SNS 새 방에서 심장이 덜컹했어

알 수도 있는 사람으로 활짝 웃는 떠난 사람, 섬찟했던 마음이 걸려 삭제를 미뤘지 친하지 않아도 행사에서 만난 적 있는 그 사람은 외딴 별의 마지막 주민이었어 혹한기를 혼자 녹다가 얼다가 부서졌어 죽음으로 가는 과정을 드문드문 중계하던 액정 세상에서 어느 날 날아든 부고, 없는데 있는 사람, 있는데 없는 사람 내일 내가 그를 지워도 다른 이에게 살아 있을 머나먼

112

하늘 길 디지털 장례 아득해

여기는 죽기 힘든 곳 그는 아직도 웃고 있어
－「없는 사람」 전문

SNS인 '페이스북facebook'에는 이미 죽은 사람의 계정도 그대로 살아 있다. 본인이 계정을 지우지 않는 한 그대로 존재할 수밖에 없다. 주체는 자신의 계정에 '알 수도 있는 사람'으로 뜬 존재가 "떠난 사람"임을 알고 "심장이 덜컹"한다. 친하지는 않았어도 어쩌다 행사에서 만난 적 있는 그는 "외딴 별의 마지막 주민"이었기에 잠시 삭제를 미룬다. "혹한기를 혼자 녹다가 얼다가 부서"져 가는 삶 속에서도 드문드문 자신의 소식을 알렸던 그였고, 그의 부고가 날아든 날도 그는 여전히 활짝 웃는 얼굴로 존재했기에 그는 "있는 사람"이었다. 주체가 그를 지워도 다른 이의 계정에서 그는 살아 있는 사람일 것이다. "없는데 있는 사람, 있는데 없는 사람"이라는 언어유희는 죽기 힘든 디지털 세계의 두려움을 희화화한 것일 수 있다. 현실 세계에서는 죽었어도 디지털 세계에서는 마치 유령처럼 영원히 살아 있다. 당신 마음속에 있으면 그는 존재한다. 아프리카에는 '잊히기 전까지는 진짜로 죽은 것이 아니다'라는 속담이 있다. 기억해 내고 상기해 내고 잊지 않으면 나에게는 그 사람이 여전히 살아 있는 것이다. 그런데 살아 있어도 아무도 기억하지 않고 떠올리지 않으면 흡사 죽은 것과 다르지 않다는 의미를 곱씹게 한다.

또한 시인의 사회적 시선은 「4월의 뒷장」으로 이어지면서 2014년 4월 15일 인천을 출발해 제주로 향하던 여객선 세월호가 4월 16일 전남 진도군 병풍도 인근 해상에서 침몰해 304명의 사망자를 냈던 사건의 슬픔을 담는다. 당시 세월호에는 제주도로 수학여행을 떠나던 안산 단원고 2학년 학생들이 많이 타고 있었기에 안타까움을 더했다. 주체는 "가라앉은 꽃들"을 기억하며 슬픔이 반복되는 4월의 뒷장을 펼친다. "푹 파인 사월에서 세월이 뜯겨 나가/ 벚꽃이 켜질 때마다 아이들이" 지는 이 모습을 공유하며 세월호 사건은 여전히 우리가 품어야 할 아픔이며 슬픔이라는 의미를 환기한다.

시인은 또한 분단의 비극이 낳은 현실의 고통을 재현하며 우리가 풀어야 할 과제라는 인식을 공유하고 소통하고자 한다.

한복도 군복도
어깨춤 추는 도문 광장

뒤틀린 남과 북에 나룻배는 휴업 중

저만치 놓인 철교는

무엇을 필사하나

손 닿을 듯 좁은 강폭

헤엄치면 건널 거리

강 건너 북한 땅은 녹음이 짙푸른데

철조망 겹겹 두르고

강물은 울며 간다

      –「두만강 독서」전문

  남북의 분단으로 인한 불행과 비극, 시련과 역경의 시간을
국경 지역인 도문 광장과 두만강의 울음으로 보여준 시다. "한
복도 군복도/ 어깨춤 추는 도문 광장"의 꿈은 남과 북이 뒤틀리
면서 어긋나고, 이로 인해 나룻배는 휴업한 지 오래되었다. "저
만치 놓인 철교"는 무엇을 필사하는지 알 수 없고, "헤엄치면
건널 거리"에 있는 강 건너 풍경은 분단으로 인해 닿을 수 없어
안타깝기만 한 현실을 재현한다. 주체는 "철조망 겹겹 두르고/
강물은 울며" 가는 우리 민족의 비극이 담긴 두만강을 읽는다.
북한살이가 힘들어 압록강이나 두만강을 건너 몰래 탈북을 꿈

꿨던 이들의 절박함이 여전히 강 건너에 숨어 있는 듯하다. 당시 소련과 미국, 중국의 한반도 지배 야욕과 위정자들의 그릇된 '역사의식과 정치 이념'으로 분단의 상처 속에서 살아가야 하는 한반도의 아픈 역사를 두만강은 품고 있다.

5

이제, 시인의 마지막 임무가 남았다. 안개의 공식을 풀지 못한 주체는 어떻게 비밀번호를 찾을 수 있을까? 그것은 시인의 책무이면서 우리가 어디로 가야 할지에 대한 방향성을 암시하는 것이기도 하다.

너를 열 땐 언제나 처음부터 진땀이 나
쳇바퀴 다람쥐처럼 단서들을 되짚는다
비밀은 물음표 앞에
굳게 닫혀 덧댄 빗장

하루에도 여러 번씩 바뀌는 네 취향은
여기저기 흩어놓은 서투름과 내통해도
자물쇠 가슴에 숨어

드러나지 않는다

네 날씨 풀어내려 구름 표정 살펴보다
숨겨둔 꽃대라도 찾아낼 수 있을까
불현듯 네가 열린다
꽃송어리 활짝 핀다
  ―「너라는 비밀번호」 전문

  주체는 "너를 열 땐 언제나 처음부터 진땀이" 난다고 고백하
면서 "쳇바퀴 다람쥐처럼 단서들을 되짚"지만 굳게 닫힌 문은
좀처럼 열리지 않는다고 말한다. 그의 취향이 "하루에도 여러
번씩 바뀌"고 "자물쇠 가슴에 숨어/ 드러나지 않"기 때문인데,
주체는 자꾸만 "네 날씨 풀어내려"고 하는 조바심을 키운다. 그
러나 "불현듯 네가 열"리며 "꽃송어리 활짝" 피는 것이 아닌가?
때(시기)가 되고 조건이 맞으니 알아서 자연이 비밀번호를 푼
것이다. 우리는 항상 서두르다가 일을 그르친다. '성급함은 악
마가 주는 선물'이라는 말이 있다. 모든 것은 시기를 보아 좋은
때를 맞추는 것이 중요하다는 것을 삶의 은유로 전하고 있다.
  정상미 시인은 내적 치유와 회복 의지를 '자연'을 품은 시·
공간에서 찾는다. 「동막역 3번 출구」에서도 치유가 있고 회복
이 있고 꺼진 불씨를 살려내는 희망이 있다는 장소로서의 의미

를 발견한다. "기울어진 나를 수선하고 싶을 땐/ 연둣빛 출구를 따라 내일을 박음질해" 볼 것을 권하며 시인은 "숨 가쁘게 살았으니 한 번쯤 뒤돌아보"아야 한다고 당부한다. 초목이 우거지고 야생동물이 뛰노는 동막은 창업과 창작이 가능한 "인생 수선소"이기 때문이다.

시인은 「나무의 배꼽」을 통해서도 뭇 숨탄것들과 더불어 사는 삶을 이야기한다. "새가 오면 새집이 되고 벌레가 오면 벌레집 되는" 나무는 때로 "꽃씨를 싹 틔우는 어두운 아우성城"이며, "눈물뿐만 아니라 새와 꽃이 고이는 집"임을 강조한다. 태아와 엄마의 연결 통로로서 산소도 공급하고 영양분도 주면서 살게 하는 배꼽이라는 상징을 통해 배꼽이야말로 나무가 자랄 수 있는 입과 같은 역할을 하는 것이라는 전언을 품고 있는 것이다.

시인은 "품이 넓은 이름"을 가진 가림산 둘레길을 걸으며 "부끄러움 털어내는 나만의 시간"을 갖는다. "턴다고 다 털리겠나 가려줘서 좋은 길"이 아닌가 생각하며 몇 겹의 옷을 입었지만 "난 언제나 가릴 것이 많은 사람, 그런 사람"(「가림산 둘레길」)임을 고백한다. 배려심이 넘치는 산이지만 부끄러움을 모르는 사람들은 이 산길을 걸을 이유가 없다. 품이 넓고 나지막한 그 길은 과오와 실수가 많은 삶을 품어주고 허물 많은 삶을 덮어준다는 점에서 내면을 걷는 행위와 다르지 않다. 정상미 시인의 첫 시집의 미학은 우리 삶의 상처를 회복하는 치유의 힘을 시적 주체가 자연 속에서 스스로 발견하게 함으로써 고통과 슬픔을 극복하는 힘이 자신이 품고 있는 마음에서 나온다는 것을 깨닫게 하는 데 있다. 시인은 자신이 품고 있는 생각(마음)대로 현실은 창조된다는 믿음으로 '나'와 타인, 자연 세계를 품는다. 정상미 시인의 시집을 여는 비밀번호에 대한 해답은 바로 여기에 있다.